I Kim a Jimmy – M.D.

I Anna – A.W.

Mali a'r Morfil, cyhoeddwyd gan Graffeg yn 2019.
Hawlfraint ⓑ Graffeg Limited 2019.

Hawlfraint y testun ⓑ Malachy Doyle.
Hawlfraint y darluniau ⓑ Andrew Whitson.
Dylunio a chynhyrchu ⓑ Graffeg Limited.
Mae'r cyhoeddiad a'r cynnwys hwn wedi'u diogelu
gan hawlfraint ⓑ 2019. Cyfieithiad gan Mary Jones.

Mae Malachy Doyle ac Andrew Whitson drwy hyn yn
cael eu cydnabod fel awdur a darlunydd y gwaith hwn,
yn unol ag adran 77 o Ddeddf Hawlfreintiau, Dyluniadau
a Phatentau 1988.

Mae cofnod Catalog CIP ar gyfer y llyfr hwn ar gael o'r
Llyfrgell Brydeinig.

ISBN 9781913134327

Molly and the Whale (Fersiwn Saesneg)
ISBN 9781913134044
Muireann agus an Míol Mór (Fersiwn Gwyddeleg)
ISBN 9781912929030

1 2 3 4 5 6 7 8 9

MALACHY DOYLE ANDREW WHITSON

MALI A'R MORFIL

MAE'R LLYFR HWN YN EIDDO I

_____

_____

_____

GRAFFEG

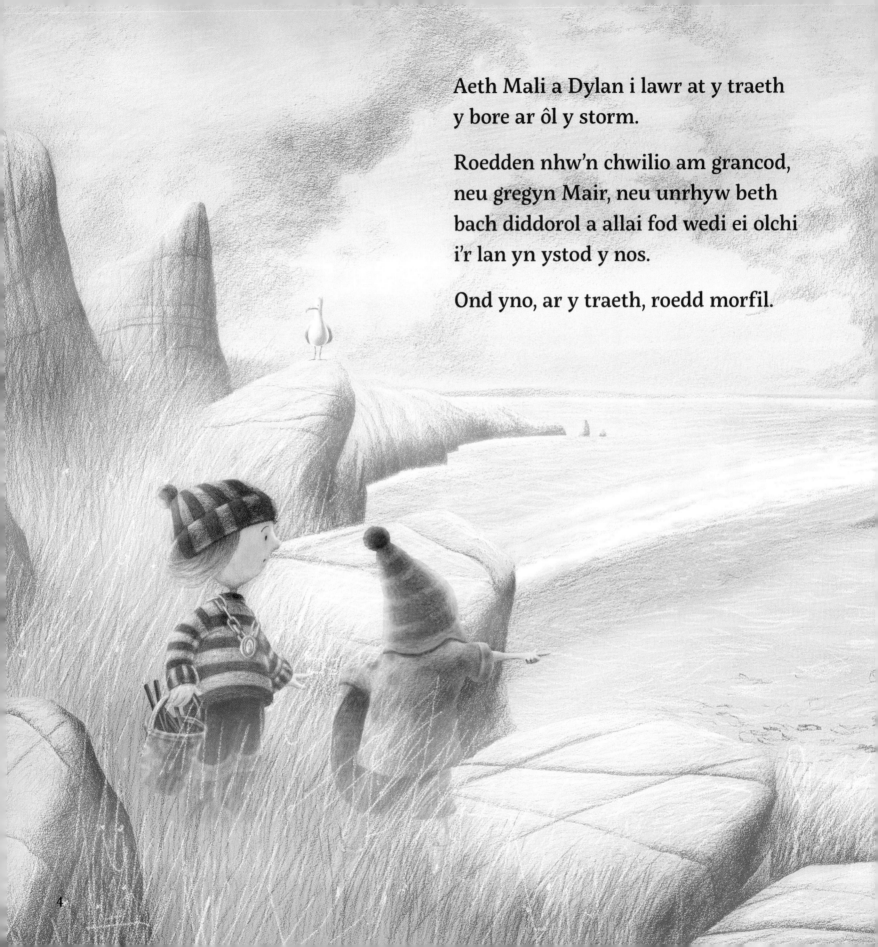

Aeth Mali a Dylan i lawr at y traeth
y bore ar ôl y storm.

Roedden nhw'n chwilio am grancod,
neu gregyn Mair, neu unrhyw beth
bach diddorol a allai fod wedi ei olchi
i'r lan yn ystod y nos.

Ond yno, ar y traeth, roedd morfil.

4

'Dadi! Dadi!' gwaeddodd Mali, wrth ruthro adre. 'Mae yna forfil anferth ar y traeth! Rhaid ei fod wedi dod i'r lan yn y storm, ac mae'r môr wedi mynd allan a'i adael ar ôl!'

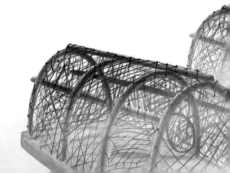

'Ewch i nôl bwced a rhaw bob un,' meddai ei thad.

'Dydw i ddim yn siŵr sut bydd gwneud cestyll tywod yn helpu,' meddai Mali dan ei hanadl, ond fe wnaeth fel roedd ei thad wedi gofyn.

'Nawr 'te, blant,' meddai tad Mali. 'Llenwch y bwcedi â dŵr a'i arllwys drosto. Gan fod y llanw allan mae angen inni ei gadw'n oer nes i'r môr ddod i mewn eto.'

Felly, gwnaeth Mali, Dylan a'u ffrindiau
yn siŵr na fyddai croen y morfil yn
mynd yn sych.

Ac yn y cyfamser aeth tad Mali a'r lleill ati
i greu ffos o gwmpas y morfil, er mwyn
i'r dŵr ei oeri cyn gynted ag y byddai'r
llanw'n dod i mewn.

9

'O, yr hen beth druan!' meddai Mali. 'Fedrwn ni mo'i wthio 'nôl i'r môr, Dad?'

Ond ysgwyd ei ben wnaeth ei thad. 'Mae e'n rhy drwm, cariad. A beth bynnag, fe allen ni wneud niwed iddo. Gobeithio pan fydd y llanw'n uchel a'r dŵr yn dod 'nôl i fyny'r traeth y bydd yn gallu nofio i ffwrdd.'

Drwy'r prynhawn buon nhw wrthi'n cloddio ac yn arllwys.

A thrwy'r amser roedd Mali'n canu cân fach i'r morfil i geisio'i gadw'n dawel.

'Rydyn ni'n dy gadw'n wlyb yng ngwres y dydd.
Yn gwneud ein gorau nes iti fynd yn rhydd.
Cyhyd ag y bydd angen byddwn yma gyda ti.
Cyhyd ag y bydd angen iti fynd a'n gadael ni.'

13

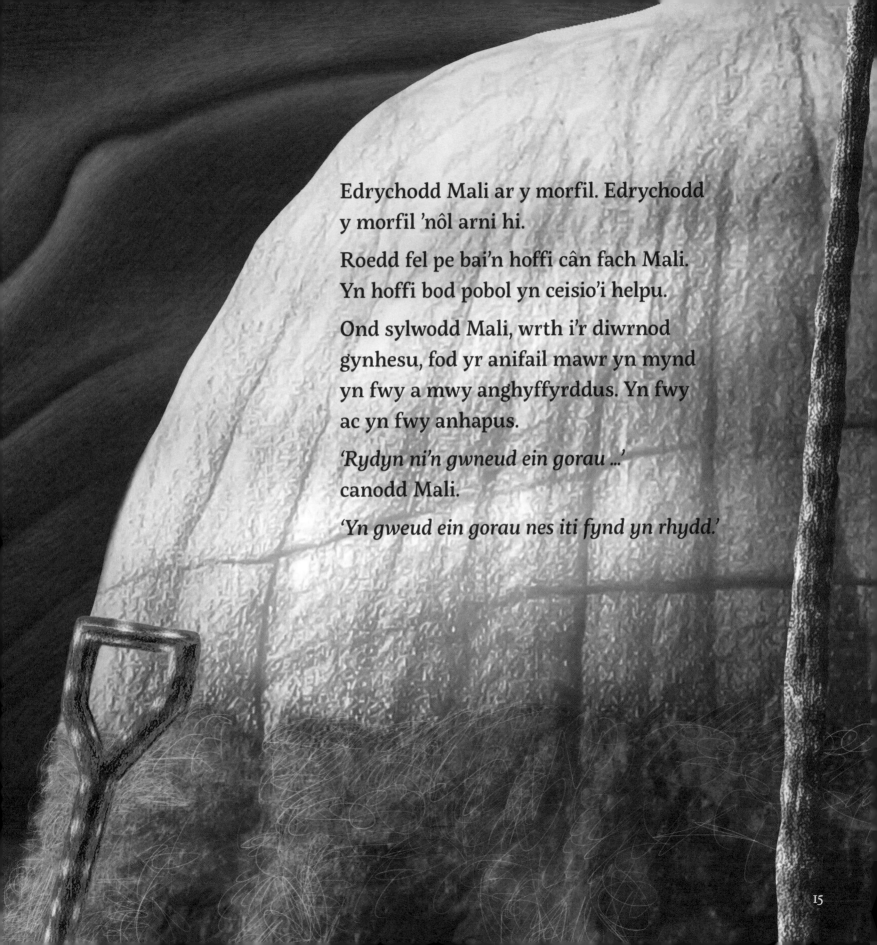

Edrychodd Mali ar y morfil. Edrychodd
y morfil 'nôl arni hi.

Roedd fel pe bai'n hoffi cân fach Mali.
Yn hoffi bod pobol yn ceisio'i helpu.

Ond sylwodd Mali, wrth i'r diwrnod
gynhesu, fod yr anifail mawr yn mynd
yn fwy a mwy anghyffyrddus. Yn fwy
ac yn fwy anhapus.

'Rydyn ni'n gwneud ein gorau ...'
canodd Mali.

'Yn gweud ein gorau nes iti fynd yn rhydd.'

'Mae'r llanw'n dod i mewn!' gwaeddodd Dylan, o'r diwedd.

Rhedodd y plant at ymyl y dŵr a chreu sianel i geisio
helpu'r dŵr i ddod i fyny'n gyflymach.

Yna, o'r diwedd cyrhaeddodd y don gyntaf y morfil druan.

Dechreuodd y ffos roedd yr oedolion wedi'i chreu lenwi
nes oedd bola'r morfil dan y dŵr.

Yna ysgydwodd y morfil ei hun, fel pe bai'n dweud diolch.

Daliodd y llanw i ddod i mewn.

'A fydd digon o ddŵr iddo nofio i ffwrdd, Dad?'
gofynnodd Mali. 'Mae e mor fawr ac mor drwm!'

'Bydd, gobeithio,' meddai ei thad. 'Gobeithio'n wir.'

Pan oedd y llanw'n uchel roedd pawb i fyny ar y
twyni, yn gwylio ac yn disgwyl.

Ond ni ddaeth y dŵr i fyny'n ddigon uchel. Doedd y
morfil ddim yn symud.

'Dydy ei ddim yn gallu!' criodd Mali, bron mewn
dagrau. 'Aiff e byth 'nôl i'r môr!'

'Mae angen iddo fod yn dawel nawr,' medai tad Mali wrth bawb.
'Ewch adre i gyd ac fe arhosaf i gydag e. Mae'r lleuad yn llawn heno,
felly bydd y llanw nesaf yn uwch eto. Gobeithio wedyn y bydd y
morfil yn gallu nofio.'

Felly, aeth pob un arall adre i'r gwely. Pawb ond
Mali a Dylan: roedden nhw'n gwrthod gadael.
Daeth y nos, ac yng ngolau'r lleuad, y sêr a'r
goleudy roedden nhw'n gwylio ac yn disgwyl.

'Cyhyd ag y bydd angen byddwn yma gyda ti.
Cyhyd ag y bydd angen iti fynd a'n gadael ni.'

Deffrodd Mali.

Roedd y wawr yn dechrau torri drwy'r cymylau.

Roedd y llanw'n uchel, yn uwch nag o'r blaen. Ac ...

'Edrychwch!' gwaeddodd Mali, gan ddeffro'r lleill.
Mae'n symud ei gynffon!'

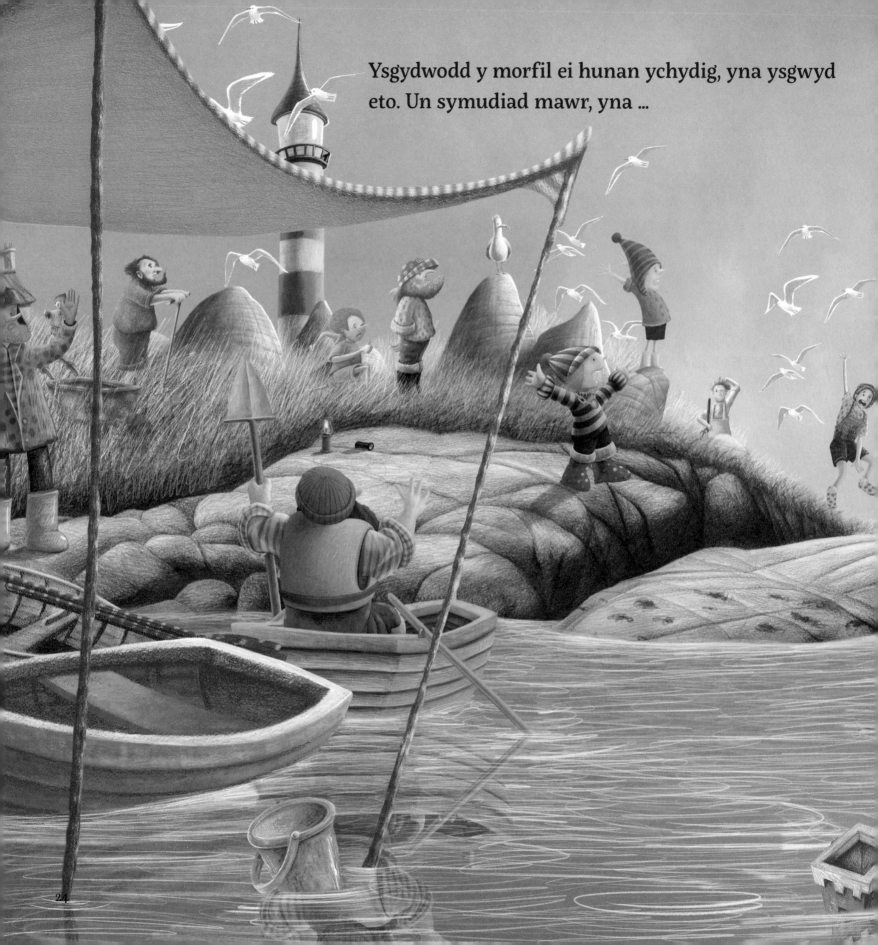

Ysgydwodd y morfil ei hunan ychydig, yna ysgwyd eto. Un symudiad mawr, yna ...

24

'Mae'n symud!' gwaeddodd Dylan.

'Mae'n nofio!' gwichiodd Mali. 'Mae'n troi am y môr!'

Gwyliodd pawb yn dawel wrth i'r anifail anferth nofio allan i'r dŵr dyfnach a mwy diogel.

25

'Edrychwch!' llefodd Mali. 'Mae'n hapus eto!'

'Ydy wir,' cytunodd ei thad. 'A dwi'n meddwl ei fod yn ceisio dweud diolch ...'

A gwaeddodd Dylan, Mali a'i thad hwrê yn uchel
gan gofleidio'i gilydd, ac adre â nhw i'r gwely tra
oedd Mali'n canu ei chân fach yn dawel.

'... dy gadw'n wlyb yng ngwres y dydd.
... gweud ein gorau nes iti fynd yn rhydd.
Cyhyd ag yr oedd angen, yno gyda ti.
Cyhyd ag yr oedd angen iti fynd a'n gadael ni.'
Ffarwél, y morfil! Ffarwél!'

Malachy Doyle

Magwyd Malachy Doyle wrth ymyl y môr yng Ngogledd Iwerddon, ac ar ôl byw yng Nghymru am lawer blwyddyn mae wedi dychwelyd i Iwerddon. Gyda'i wraig Liz mae wedi prynu hen ffermdy ar ynys fechan oddi ar arfordir Donegal, lle maen nhw'n byw gyda'u cŵn, eu cathod a'u hwyaid.

Mae Malachy wedi cyhoeddi dros gant o lyfrau, o lyfrau sbonc i blant ifanc i nofelau grymus i'r arddegau. Dros y blynyddoedd mae wedi ennill nifer o wobrau llyfrau pwysig, ac mae ei waith ar gael mewn tua deg ar hugain o ieithoedd.

Ei weithiau eraill yw *Rama and Sita*, *Jack and the Jungle* a *Big Bad Biteasaurus* (wedi'u cyhoeddi gan Bloomsbury), *Fug and the Thumps* (Gwasg Firefly), *Cinderfella* (Walker Books) ac *Ootch Cootch* (Graffeg), sydd wedi'i ddarlunio gan ei ferch Hannah Doyle.

Andrew Whitson

Mae Andrew wedi darlunio llyfrau ar amrywiol agweddau ar chwedloniaeth Iwerddon gan gynnwys *The Creatures of Celtic Myth*, *The Field Guide to Irish Fairies* a *The Dark Spirit*.

Er 2007 mae wedi darlunio cyfres o lyfrau llun poblogaidd i blant: *Gaiscíoch na Beilte Uaine* (rhestr fer Bisto, Gwobr Ibby a Gwobr Réics Carló 2007); *Balor* (Gwobr Réics Carló 2009); *An Gréasaí Bróg agus na Sióga* (rhestri byrion Bisto a Réics Carló 2010, enillydd R.A.I. 2011); *Mac Rí Éireann* (Gwobr Réics Carló, enillydd darlunio Bisto ac enillydd R.A.I. 2011); *Ó Chrann go Crann* (rhestr fer CBI, Gwobr Réics Carló 2012 a gwobr R.A.I. 2013); *Pop!* (rhestr fer Réics Carló 2014); *An tÉan Órga* (rhestr fer R.A.I. 2015). Yn 2011 dyfarnwyd i Andrew wobr er anrhydedd Bisto am ddarlunio llyfrau.

Ar y cyd â Caitríona Nic Sheáin, mae Andrew wedi cydysgrifennu a darlunio tri llyfr ffuglen i blant: *Cogito, Pop!* a *Cúraille i gCeannas*.

Llyfrau Graffeg i Blant

Ootch Cootch
Malachy Doyle, darluniau gan Hannah Doyle

The Animal Surprises series
Nicola Davies, darluniau gan Abbie Cameron
The Word Bird, Animal Surprises, Into the Blue, The Secret of the Egg

Cyfres Shadows and Light
Nicola Davies
The White Hare, Mother Cary's Butter Knife, Elias Martin, The Selkie's Mate,
Bee Boy and the Moonflowers, The Eel Question

Perfect
Nicola Davies, darluniau gan Cathy Fisher

The Pond
Nicola Davies, darluniau gan Cathy Fisher

Cyfres Celestine and the Hare
Karin Celestine
Small Finds a Home, Paper Boat for Panda, Honey for Tea, Catching Dreams,
A Small Song, Finding Your Place, Bertram Likes to Sew, Bert's Garden

Through the Eyes of Me
Jon Roberts, darluniau gan Hannah Rounding

The Knight Who Took all Day
James Mayhew

Gaspard The Fox
Zeb Soanes, darluniau gan James Mayhew

Cyfres How to Draw
Nicola Davies, darluniau gan Abbie Cameron
The Word Bird How to Draw, Animal Surprises How to Draw,
Into the Blue How to Draw

Paradise Found
John Milton, darluniau gan Helen Elliott

Cyfres Mouse & Mole
Joyce Dunbar, darluniau gan James Mayhew
Mouse & Mole, Happy Days for Mouse & Mole,
A Very Special Mouse & Mole, Mouse & Mole Have a Party

www.graffeg.com